紀伯倫
KAHLIL GIBRAN

先知
THE PROPHET

·— 圖文版 —·

圖——Luckylulu　譯——何雅雯

目錄

船來了

當代的曙光、被揀選和被眷愛的阿穆斯特法，在奧菲歷斯城裡等待了十二年，等待他的船來迎接他，歸返他生命源起的小島。

在第十二年的浥露——收穫月的第七天——他登上城外的山陵，遙望海洋的方向。他看到他的船，乘著輕霧到來。

於是他的心門豁然開啟；他的喜悅遠渡重洋。他閉上雙眼，在靈魂深靜之處祈禱。

然而在他下山時，一陣憂傷突如其來，他在心裡思索著：

我怎麼能不帶一點哀傷的平靜離開？不，我無法向這城市道別而不帶著一絲傷痛。

我在城牆內度過痛苦的白晝與寂寞的黑夜；有誰能揮別自己的痛苦與寂寞，而沒有一點悼惜？

我曾遺落太多心靈碎片在街道上，還有太多我深愛的孩子們裸身漫遊於山陵間，從他們的身邊離開，讓我的心沉重而悲傷。

它不是我今天脫下的一件外衣，而是我親手撕下的、自己的皮。

它也不是我拋棄的一個念頭，而是一顆因渴望而甜蜜的心。

然而我已無法繼續耽擱。

呼喚一切的海洋正召喚著我，我必須登船。

因為，縱使時光仍在夜裡一分一秒的燃燒，停留依然會將
我凍結成冰、凝固成結晶，化為一成不變的模型。
我寧願帶走這裡的一切，然而我如何能夠？
脣舌給了聲音飛翔的羽翼，聲音卻不能將脣舌一併帶走。
它必須獨自追尋自己的天空。
就連老鷹也必須捨下窩巢，獨自飛越太陽。

現在，當他抵達山腳，再度回望海洋，看見他的船泊近港
灣；站在船首的水手都來自他的故土。

他的靈魂向他們呼喊，他說：

有誰能揮別自己的
痛苦與寂寞，
而沒有一點悼惜？

我祖的後裔啊，潮浪中的行者，你們如此頻繁的在我夢中航行。如今你們在我睡醒時到來，這才是我的更深沉的夢境。

我已經為出發做好準備，我的熱望張滿了帆，等待風起。

我只要再吸一口這寧靜的氣息；只要再向後投一枚眷戀的眼神，

接著我將佇立於你們之間，如同一個水手身在眾多水手之間。

而你，廣袤無垠的海洋，無眠的母親，

只有你是河川與溪流的平靜與自由，

我這溪流只能最後一次蜿蜒流淌，最後一次在沼澤中低吟，

然後我將歸奔於你，一顆無限的水滴墜入一片無垠的汪洋。

當他行走時，他看到遠處的男人和女人們離開他們的田地和葡萄園，匆匆趕向城門。

他聽到他們呼喚著他的姓名，在田野間奔走相告他的船已經抵達的消息。

他告訴自己：

離別的日子莫非就是相聚的日子？

我的傍晚莫非可以說是我的黎明？

對於這些把犁丟在田畦、將榨酒機輪停下的人們，我應該給他們什麼呢？

我的心該是一棵被果實壓彎的樹，我能否採下送給他們？

我的想望該是汩汩湧流的泉水，我能否注滿他們的杯？

我是不是一把豎琴，讓萬能者彈撥撫觸？或者是一支長笛，讓他悠悠吹響？

我是個追尋寂靜的人，在寂靜中可曾尋得什麼樣的珍寶，可以自信的施贈？

如果這是我收成的日子，我究竟曾在哪些被遺忘的季節，在哪片田裡埋下種籽？

如果這真是我高舉燈火的時刻，其中燃燒的應當不是我的焰火。

我將舉起空虛與黑暗的燈，

由守夜人為它傾注燈油，為它點燃火苗。

這些是從他口中說出來的。但還有很多思緒仍沉溺在他心中，未曾說出口。因為那些是他更深沉的祕密，無法言明。

離別的日子

莫非就是相聚的日子？

當他走進城中，所有的人都靠近他、迎接他，同聲呼喚他。

城裡的長者走上前說：

請不要離棄我們。

你是我們黃昏時分的正午，你的青春為我們的夢境增添內容。

在我們之中，你不是異鄉人，不是過客，而是我們的子嗣，是我們深愛的人。

不要讓我們的眼眸，因為渴望見你而瘦澀痛楚。

男祭司和女祭司對他說：

不要讓海中的浪花將我們分開，不要讓你與我們同在的時光成為追憶。

你的精神與我們一同前行，你的影子是一道光，點亮我們的臉龐。

我們如此深愛你。可是我們的愛無法言說，被蒙覆在重重面紗之後。

然而此刻，它放聲呼求你，要在你面前顯示自己。

若非到了分離的時刻，愛從來不知道自己的深度。

其他人也向前懇求他。但是他沒有回答。他只是垂下了頭；站在他身旁的人們看到他的眼淚滑落在他的胸口。

他和人們一起朝神殿前的大廣場出發。

一位名叫雅蜜特拉的女人從神殿中走出。她是一位女先知。

他格外溫柔的凝望著她，因為，在他到達這個城市的當天，是她首先尋求他、信任他。

她向他致敬：

神的先知啊，為了追求那至高的美地，你尋索你的船已久。

現在你的船已然到來，而你必須出航。

你對於記憶中的鄉土以及遠大願望的居所，懷著如此深切的渴望；我們的愛不能束縛你，我們的需求也不能將你牽延。

然而在你離去之前，我們要請求你為我們講解，將你的真理賜予我們。

我們會將你的真理傳承給我們的子孫，他們再傳承給他們的子孫，你的真理將永不湮滅。

你曾獨自一人守護著我們，曾在清醒時刻傾聽我們在睡夢中的啜泣與歡笑。

因此，現在請向我們揭示我們的自我，並告訴我們你所知關於生與死的一切。

他回答：

奧菲歷斯城的人們啊，除了此刻仍在你們的靈魂中湧動的那些，我還有什麼可說的呢？

愛

於是，雅蜜特拉說，為我們說說愛吧。

他抬頭環顧人群，人們一陣靜默。他用宏亮的聲音說：

當愛伸手召喚你，你就追隨他，
縱然他的道路如此艱難險峻。
當愛以羽翼環抱你，你要屈身於他的懷中，
縱然翼梢包藏著刀刃，也許會將你刺傷。
當愛向你說話，就信入他，

縱然他的聲音也許會粉碎你的夢境，如同北風把花園吹得荒蕪。

因為愛會賜予你冠冕，同時也將你釘上十字架。
愛讓你成長，同時也為你修枝剪葉。
他攀登到你的頂端，撫觸你在陽光下輕顫的柔嫩枝椏，
他也深入你的根柢，搖撼你緊抓泥土的根。

他把你採集成束，如同一捆穀粟。
他舂打你，使你裸露無依。
他篩篩你，使你自殼中解脫。
他研磨你，使你潔白無瑕。
他搓揉你，直到你柔韌、願意由他捏塑；

然後將你放入聖火中炙烤，你將在主的聖餐中成為聖餅。

這都是愛加諸於你們的，你們將因此領會自己內心的祕密，並成為生命核心中的一部分。

然而，如果恐懼使你們只想尋求愛的平靜和喜悅，那還不如遮掩裸露的自己，離開愛的舂穀場，去到沒有季節更迭的世界，在那裡微笑，卻無法澈底開懷；在那裡悲嘆，卻無法傾洩全部的眼淚。

愛除了自己，一無所予；除了自己，別無所取。
愛不占有，也不被占有；
因為愛本自具足。

愛除了自己，一無所予，
除了自己，別無所取。

當你在愛時不應該說「主在我心裡」，而應該說「我在主的心上」。

不要以為你可以導引愛的進程，因為，如果愛覺得你值得，他就會向你展現前路。

愛沒有其他願望，唯願自我成全。

如果你去愛，必將有求有願，就讓這些成為你的願望吧：

願融化成一條涓涓溪流，向夜悠唱自己的旋律。

願領會過多的溫柔帶來的痛楚。

願理解愛而受傷，並且心甘情願、喜悅的淌血。

願在黎明醒來時心情飛揚，感謝又一個可以付出愛的日子；

在休憩的晌午沉思愛的迷醉；

在薄暮時心懷感恩的返抵家門；
在入眠時，為你心中所愛祈禱，並在脣間吟唱讚美詩。

婚姻

然後，雅蜜特拉再度說道：主人啊，那麼關於婚姻呢？

他回答道：

你們一起出生，你們也將永遠廝守。

當死神雪白的翅膀粉碎了你們的歲月，你們仍然廝守。

啊，即使是在上帝靜默的記憶深處，你們都將廝守。

但是，在你們的廝守依偎之中，留一些空間吧！

好讓天堂的風在你們之間翩翩起舞。
彼此相愛，但是不要讓愛成為束縛：
不如讓它成為一座海洋，在你們的靈魂之間流動。
斟滿彼此的酒杯，但是不要從同一只杯中啜飲。
彼此贈予麵包，但是不要食用同一塊。
一起歌唱舞蹈、愉悅歡喜，但是依然保有不同的自我。
正如同魯特琴的琴弦，縱然在同一首樂曲下顫動，卻還是各自獨立。

交付你們的心靈，但是不要讓對方看管，
因為只有生命的手，才能同時容納你們的心。
比肩而立，但是不要太過貼近彼此：

因為梁柱各自分開，才能支撐神殿，
而橡樹和扁柏在彼此的陰影下，也無法成長。

孩子

一個胸前懷抱著嬰兒的婦人說，對我們說說孩子吧。

他說：

你的孩子，並不是你的。

他們是「生命」的兒女，是生命本身的渴望。

他們經你而來，卻不來自於你，

雖然與你朝夕共處，他們卻非你所有。

你可以給予他們你的愛，卻不能以自己的思想強加其身，
因為他們自有思想。
你可以為他們提供安身之處，卻不能禁錮他們的靈魂，
因為他們的靈魂居住在明日之屋，你即使在夢中也無從探訪。

你可以盡力與他們相像，卻不能企圖使他們像你。
因為生命並不倒退，也從不駐足於昨日。
你是弓，你的孩子是生命的箭，藉由你射逸向前。
那射手凝視著無垠路徑上的目標，以祂的力量將你拉滿，使祂的箭射得又快又遠。
在祂的手中喜悅的臣服吧；
因為，正如同祂愛那縱飛的箭，祂也深愛堅韌不移的弓。

你可以為他們提供安身之處，
卻不能禁錮他們的靈魂。

給予

一個富人說，請為我們談談給予。

他回答道：

當你將財產給予他人時，其實你的給予極為渺小。

只有你把自己都布施出去，才是真正的給予。

因為，你的財產只不過是你害怕明日將有匱乏，而保存守護著的吧？

而明日，明日又將為一隻過度儉省的狗帶來什麼呢？牠追隨朝聖者前往聖地，在渺無人跡的沙地裡埋下骨頭。

對匱乏的恐懼，不正是匱乏本身嗎？

當你的泉井滿溢時你仍畏懼著渴，你的渴豈非永不得消解？

有些人擁有的多，卻只給予其中的毫末——他們是為了獲得美譽而給予，而這股潛藏的欲望，使他們的贈予不潔。

有些人擁有的少，而給予的卻是全部。

這些人是生命的信徒，是生命的賞賜，他們的寶庫永不空虛。

有些人喜悅的給予，這喜悅就是他們的報酬。

有些人痛苦的給予，這痛苦就是他們的考驗。

還有些人給予而不覺得痛，不尋求狂喜，亦不求建立美德。

他們給予，有如遙遠的山谷裡，桃金孃在空氣中吐露芬芳。

主藉由這些人的雙手傳遞旨意，從他們的眼眸深處向大地微笑。

因為要求而給予固然是善，然而更大的善是在未曾要求之前，因了解而給予；

對於樂善好施的人，尋覓接受者比給予本身更教人歡喜。

還有什麼東西是你必須保有的呢？

你此刻擁有的，總有一天都將奉出；

因此，現在就給予吧，給予的時機就在你手上，而非你的繼承人。

你常說：「我將給予，但是只給予那些值得接受的人。」你果園裡的樹木不這麼說，你牧場裡的牛羊也不這麼說。他們是為了給予而存在，不給予就如同死亡。

凡是值得上帝賜予日夜的人，當然值得你所給予的一切。一個人若有資格在生命的汪洋中啜飲，就有資格以你的小溪流斟滿他的杯。

有什麼美德比接受的勇敢、信心甚至寬容，更加博大？你是否值得人們向你坦露他們的內心、揭露他們的自尊，好讓你看見他們赤裸的價值與毫無畏懼的尊嚴？

先省視你自己是否值得成為一個給予者，一個給予的器具。

因為，事實上，是生命給予了生命——你自以為是給予者，其實你只是生命的見證者。

而你們這些接受的人——你們全都是接受者——不要擔起
報恩的重責，否則會在你們與給予者的身上，都套上苦軛。
不如以那些贈禮為翼，與施予者一起振翅飛翔；
因為過度惦記著你們的債，就是懷疑給予者的慷慨，懷疑
那以大地為母、以神為父的自在之心。

是生命給予了生命。

飲食

接著，一個年老的旅館主人說，跟我們談談飲食吧。

他說：

我多麼希望你們能以大地的芬芳為生，並像植物般倚賴陽光生存。

然而既然你們必須殺戮以取得食物，必須自新生的小獸處掠奪母乳以消解自己的渴，那就讓它成為一種敬拜的儀式吧。

以你們的飲膳為祭壇，供奉森林與曠野裡那些純真無邪，為更純真更無邪的人而犧牲。
當你們殺害一頭野獸時，從你的內心向它訴說：
「宰殺你的力量也必宰殺我，我亦將遭到侵食。
因為將你交到我手裡的那個律法，也將把我交付給一隻更偉大的手。
你和我的血液只不過是供養天堂之樹的汁液。」
當你們用牙齒啃咬一顆蘋果時，從你的內心向它訴說：
「你的種籽將在我的體內生長，
你明日的花蕾將在我的心中綻放，
你的芬芳將成為我的氣息，
我們將一同歡慶所有的季節。」

入秋時，當你們在葡萄園裡摘採葡萄以搾釀成酒，從你的內心向它訴說：

「我也是一座葡萄園，我的果實也將被採集做成汁，

如同新酒一般，被封貯在永恆的甕裡。

而入冬時你們將開封新酒，讓每一杯都成為你們心上的歌；

以那支歌記憶起秋天的時光、葡萄園，以及酒的釀造。」

你的芬芳將成為我的氣息，

我們將一同歡慶所有的季節。

工作

一個農人說，請為我們談談工作。

他回答道：

你工作，使你得以與大地和大地的靈魂齊步前進。

因為慵逸會使你成為歲月的陌生人，脫離以莊嚴和謙卑邁向永恆的生命隊伍。

當你工作時，你是一支短笛，時光的低吟吹過你的心，成為樂音。

當萬物齊聲和鳴時，你們誰還甘願做一支喑啞的蘆葦？

你們總是聽說，工作是一個詛咒，勞動是一場災厄。

然而我要告訴你們，你們的工作圓滿了大地最深遠的夢，那個夢在初生時就已經歸屬於你們，

你們不懈的勞動，事實上正是無盡的愛著生命，

藉著工作履行對生命的愛，就是與生命最深的祕密相親相依。

然而，你們如果痛苦的認為誕生是磨難，供養軀體是刺在眉上的詛咒，我將回覆你們，只有你們眉上的汗水可以滌除這些載記。

你們也曾聽說，生命是一片黑暗，當你們疲倦時，就跟著重覆疲倦者的話語。

而我要說，生命的確是黑暗的，除非有熱望，
所有的熱望都是盲目的，除非有知識，
所有的知識都是無益的，除非其中有所勞動，
所有的勞動都是空虛的，除非其中有愛；
而當你們懷著愛來工作，你們將與自己、與他人、與神，
成為一體。

什麼是懷著愛來工作呢？
那是從你的心中抽取絲線，編織成布帛，彷彿是你摯愛的
人要來穿戴。
那是以你的深情建造房舍，彷彿是你摯愛的人要來居住。
那是溫柔的播下種籽，喜悅的收成，彷彿是你摯愛的人要
來品嚐果實。

懷著愛工作
是從你的心中抽取絲線
編織成布帛、彷彿是
你摯愛的人要來穿戴。

那是將你靈魂的氣息，灌注於你所製造的一切。

並且了解，所有被祝福的逝者，都在你的身邊佇立、凝望。

我常常聽見你們如夢囈的言語，「那雕刻大理石、在其中發現自己靈魂形狀的人，遠比犁田的人尊貴。

那捕捉彩虹、用它在布帛上畫出人形的人，遠比為腳製作草鞋的人了不起。」

然而我要說——不是在睡夢中，而是在正午——風對於巨大橡樹與小草葉，其實傾訴著相同的甜蜜；

唯有以自己的愛，將風聲轉變成更甜蜜的歌聲的人，才是偉大的。

工作是看得見的愛。

如果你懷著厭憎而非愛來工作，不如離棄工作，呆坐在廟宇的門廊前，乞求那些懷著喜樂來工作的人施捨。因為，如果你冷漠的烘烤麵包，你的麵包都是苦澀，只能填塞半個飢餓的胃。

如果你怨懟的釀造葡萄酒，你將把美酒蒸餾成毒藥。

如果你有天使的歌聲，卻不吟唱著愛，你就掩蓋了人的耳朵，阻絕了日與夜的天籟。

快樂與悲傷

一個婦人說，請告訴我們快樂與悲傷。

他回答：

你的快樂就是卸下面具的悲傷。

當你揚起笑聲，那水井也隨之盈滿淚水。

此外還能如何呢？

悲傷在你的生命裡鑿刻得越深，你就能容納越多的快樂。

盛裝你的酒的杯，不正是在陶窯裡燒煉的那只？

你的快樂就是卸下面具的悲傷。

撫慰你的靈魂的琴，不正是被刀挖空的一塊木材？

當你歡笑時要深深觀看自己的內心，你將會發現，讓你傷痛的，此刻正在讓你喜樂。

當你悲傷時，再次回顧自己的內心，你將會看見，你正在為曾有的喜樂，流淚嘆息。

你們之中有人說，「快樂比悲傷重要」，也有人說，「不，悲傷比較重要。」

然而我要告訴你們，快樂與悲傷密不可分。

它們一起到來，當其中一個在你們的桌上用餐，別忘了另一個正在你們的床上沉睡。

你有如一座天秤，在快樂與悲傷的兩端搖擺。

唯有當天秤的兩端空無一物，你才能因平衡而靜止。

當那守財人用你來衡量他的金和銀，你的快樂與悲傷會因此升降起落。

房屋

一個泥水匠走上前來詢問房屋。

他回答道：

當你在城市的牆裡建造房屋之前，先想像一座荒野中的草亭吧。

因為，正如同你在黃昏時要返家，那在你內心的、永遠索然孤獨的漂泊者，也需要一個歸返的地方。

房屋是你們更大的一具軀殼。

它吸收陽光而成長，在夜的靜寂裡安眠；並且懷著夢想。難道你的房子不會做夢？不會夢想著從城市逃逸，潛入幽林或登上小丘的頂端？

我衷心盼望，要將你們的房屋都拾在手心，讓它們像種籽一樣，飛撒進深林與叢野。

願山谷是你們的街，綠徑是你們的巷，讓你們在葡萄園裡尋訪彼此的時候，襟上沾著大地的清香。

然而這些願望仍無法實現。

因為恐懼，你們的祖先使你們太過緊密的聚居。這恐懼還在一點一點拉長，將你們的房屋劃分在田野之外。

那麼告訴我，奧菲歷斯的人們，你們的房屋裡藏了什麼？你們用門扉守護著什麼？

你們得到了平安嗎？那靜默的欲望流露你們的力量。

你們擁有了回憶嗎？那閃爍著微光的拱門越過心靈的峰頂。

你們掌握了美嗎？那美將你們從木石的形塑引領向聖潔的山岳。

告訴我，你們的房屋裡面可藏有這些？

或者你們只有舒適，以及對舒適的欲求——這些東西鬼鬼祟祟的潛進房屋裡，從拜訪到寄居，然後反客為主？

啊，然後它成了征服者，用鉤子和鞭子把你們更遠大的願望馴養成傀儡。

雖然它的手彷彿絲絹，它的心卻如同鋼鐵。

它哄騙你們入睡，只是為了站在床邊嘲弄你們肉體的尊嚴。

它戲耍你們健康的感官，把它們當成易碎的器皿，端放在細絨上面。

是啊，對舒適的欲求謀殺了靈魂的熱情，笑著在喪禮中漫步。

然而，宇宙的孩子啊，你們在休憩中醒覺，你們不應當被捆縛，也不應當被馴養。

你們的房屋不是錨，而應當是桅杆。

它不是一片用來遮掩傷痕的閃亮薄膜，而應當是守護瞳眸的眼皮。

你們不該為了走過門扉而折疊羽翼，不該為了避免碰到天花板而垂首，也不該為了害怕牆壁破裂傾倒而屏住呼吸。

你們不該住在死者為生命製造的墓穴。

縱使你們的房屋華麗而燦美，也不該讓它們扣握你們的祕密，閉鎖你們的渴望。

因為，在你們之內的無限無窮，乃是居住在天空的宅第裡，它以曉霧為門，以夜的歌詠與靜寂為一扇扇開閉的窗。

衣裳

一個織工說，請與我們說說衣裳。

他回答：

你們的衣裳遮蔽了大部分的美，卻沒能隱藏那些醜惡的。

雖然你們藉由衣衫尋求隱密的自由，你們也從其中尋得了轡繩和鏈鎖。

我願你們可以讓自己的肌膚取代你們的外衣，沐浴在暖陽與輕風中。

因為，陽光裡有生命的氣息，生命的手與風相握。

你們之中有人說，「我們所穿的，是北風紡織的衣裳。」
而我要說，啊，是的，那是北風。
但是羞慚是他的織布機，筋骨的羸弱是它的紗線。
完成他的作品以後，他就在森林中嘩笑。
你們不要忘記，端莊是一面盾，用來庇護不潔的眼睛。
當那不潔的已然消卻，端莊只不過是心靈的桎梏與纏結。
也不要忘了，大地喜歡輕撫著你赤裸的雙足，而風渴望與你的髮絲撲戲。

大地喜歡輕撫著你赤裸的雙足，

而風渴望與你的髮絲撲戲。

買與賣

一個商人說，請為我們講說買賣。

他回答道：

大地將她的果實賜予你們，縱使你們只知道如何填滿自己的雙手，也不至於匱乏。

你們只要交換大地的贈禮，就將發現豐裕與富足。

然而你們當在愛中交換，以仁慈的公正交易，否則這交易只會使一些人貪吝，使另一些人飢餓。

當在海洋、田疇、葡萄園間揮汗的人們，與織工、陶匠、採集香料的人相遇於市集——

祈求大地的神靈來到你們中間，淨化那討價還價的天秤與算計。

不要讓遊手好閒的人參與交易，他們會用空言欺換你們的勞力。

你們應當對這些人說：

「和我們一起到田野間吧，或者和我們的兄弟一起，在海洋中撒下你的網；

因為土地與海洋待你正如同待我們一般慷慨仁慈。」

而如果歌手、舞伶與吹笛人到來——也買下他們天賦的贈禮。

因為他們也採擷水果與乳香，他們為你們的靈魂帶來以夢想塑成的衣裳與飲食。

離開市場之前，你們要確認，沒有人空手踏上歸途。

因為，唯有一切最卑微的需要都被滿足之時，大地的神靈才能在風上入眠。

罪與罰

接著，城裡的一個法官走上前說，請告訴我們罪咎與懲罰。

他回答道：

當你的精神在風中飄蕩，

你孤身一人而毫無防衛的對他人犯下罪行，也因而對自己犯了罪。

因為你的過錯，你必須在那受祝福的門外拍打、等候，而無人垂憐。

你內在的神就像海洋；
永遠潔淨純粹。
又如同藍天，幫助那些有羽翼的高飛。
你內在的神甚至有如陽光；
他不知道鼴鼠的祕道，也不探求蛇的洞穴。
然而你的心中並不是單單只住著神。
你的內心有一部分仍然是人，還有一部分還沒有成人，
只不過是個沒有形體的精魄，在迷霧中漫遊，尋求自己的甦醒。

我現在說的，是在你內心的那個人。
因為，不是你內心的神或者霧中的精魄，而是他那個人，
才知道罪咎與懲罰。

我常常聽見你們談起一個罪人，好像他不是生於你們之間，而是一個異鄉人，一個闖進你們的世界的侵入者。

然而我要說，正如同那些聖潔與端直的人，並未超越你們內在的至善至高，

那邪惡與軟弱的，也不能比你們內在最低劣的還要沉淪。

正如同一枚葉子的泛黃乃是因為整棵樹的沉默與認可，

若非有你們全體潛藏的欲望，那罪人也不能犯下罪愆。

你們如同一列遊行的隊伍，一同走向你們內在的神，

你們就是道路，是路上徒步的行者。

當你們之中有人跌倒，是為了警示後面的來者，此處有絆搏人的石塊。

啊，他也是因為前方的人們而跌倒，那些人雖有著迅捷而堅毅的步履，卻沒有移除那阻擾人的石塊。

還有啊，縱使這樣的話將沉沉的壓在你們的心上，我還是要說：

被害者對於自己的被害，並不是沒有責任的，

而被劫掠者之所以被劫掠，也不是不可責備。

對於惡人的罪行，正直的人並非全然無辜，

對於罪犯的劣跡，清白的人也不能無染。

是啊，罪人往往是被害人的犧牲品。

而被定罪的囚徒往往更要為那些無過咎與無罪責者承擔重荷。

你們不能將正義與不義、善良與邪惡截然二分；

因為他們並立在陽光之前，就如同黑線與白線交織編結。

當黑線斷裂，織工必須檢視整匹布帛，也必須測試織布機。

你們不能將
正義與不義
善良與邪惡
截然二分。

你們之中若有任何人要求審判自己的妻子，

讓法官一併用天秤度量她丈夫的心，用尺規計她丈夫的靈魂。

讓那想要鞭笞罪犯者的人，先凝視被害者的心智。

同時，你們之中若有任何人試圖以正義之名砍伐一棵罪孽的樹，讓他看看那樹的深根；

是啊，他必將發現，那善與惡、收成與圮壞的根，全都在大地沉默的心上纏繞。

而你們，你們是自認秉持公理的法官，

對於那些在肉體上忠誠、內心卻瞞竊的人，要宣讀什麼樣的判決？

對於那些戕殺他人肉體、心靈卻遭他人戕殺的人，要判處什麼樣的刑罰？

對於那些欺詐與壓迫他人的人，要如何起訴？

他們同時不也是被剝奪與被侵犯的？

你們要如何懲罰那些已經被悔恨淹沒了罪行的人？

你們渴望順服的律法，不正是在伸張正義，要求懺悔？

然而你們不能使無辜的人悔恨，也不能把它從罪人心中高高舉起。

悔恨不受指引擺布，而是在深夜裡呼喚著，讓沉溺的人們甦醒，凝視著他們自己。

你們這些人說要了解正義，除非你們能在澈底的光明下審視一切事物，否則，你怎能瞭解？

唯有那時候，你們才能明白，那直立的與仆倒的，其實都是同一個人，站在微小自我的黑夜與神性自我的白晝之間，

你們也才明白，神殿一角的石塊並不高於它最低的那塊基石。

法律

接著，一名律師說，主人啊，那我們的法律又當如何呢？

他回答：

你們喜歡立下法律，卻更喜歡毀壞它。

就如同海邊遊玩的孩子，矢志不移的築起砂堡，隨即嬉笑著將它們摧倒。

然而，當你們砌築砂堡時，海水向海岸帶上更多的砂，當你們推倒砂堡，海水也與你們同歡笑。

是啊，海洋總是純真無邪的笑著。

可是，對那些認為生命不是一座海洋，人為的法律也不是砂堡的人，又當如何呢？

對他們而言，生命是一塊危岩，而法律是一把可憑自己的喜好隨意雕琢的鑿子。

對於厭恨舞者的跛子，又當如何呢？

對於那熱愛牠的頸軛，以為森林中的麋鹿是一群迷途者與漂泊者的牛，又當如何呢？

對於那自己不能蛻皮，卻指稱群蛇裸體而無恥的老蛇，又當如何呢？

對於那早早來到婚宴中，酒足飯飽的回家，卻說一切飲宴都是褻瀆，席間的眾人都在破壞法律的人，又當如何呢？

對於這些人，除了說他們一樣站在陽光下，卻總是背對太陽，我還能說什麼呢？

他們只看到自己的影子，這些陰影就是他們的律法。

對他們而言，太陽不也只是在投射著暗影？

他們對規條的認可，不也只是彎曲了身子，在土地上追循自己的影子？

假如你們面朝太陽行進，投射在地上的陰影怎能妨礙你們前進？

你們這些乘風行遊的人，什麼樣的風向旗可以指引你們的途徑？

如果你不打破他人的囚門就能擊碎自己的鎖軛，人為的條文豈能綁縛你們？

如果你翩翩起舞，卻被無人的鐵鍊絆倒，還需要畏懼什麼法律？

如果你撕開自己的衣裳而丟棄在無人的小徑上，還有誰能領你去受審訊？

奧菲歷斯城的人們啊，你們可以蓋住樂鼓聲，也可以鬆脫豎琴的絲弦，可是，有誰能禁止雲雀的歌唱？

自由

接著，一個演說家說，請為我們談談自由吧！

他回答道：

我曾在城門與火爐邊，看到你們匍伏身軀，向你們的自由膜拜，

正如同奴隸們在屠戮他們的暴君面前，謙卑的唱著頌歌。

啊，在聖堂的小森林中、在城堡投下的陰影裡，我曾看到你們之中最自由的人，把自由穿戴在身上，如同鎖銬和重軛。

我的心在我的體內淌血；因為，只有在你們發覺追尋自由的渴望已經束縛了自己，在你們不再認定自由是目標、是成就的時候，你們才真的自由了。

真實的自由，並不是在白晝裡沒有一絲掛慮，也不是在深夜時分沒有匱缺和憂傷，

而是這些事物緊緊的纏繞著你的生活時，你們卻能赤裸而自在的從其中脫拔飛升。

你們要如何才能從無盡的日夜中超脫？除非能掙脫那將你們有如破曉般的領悟，用暮色綑綁了的鎖鏈，

事實上，你們所說的自由，就是最強韌的鎖鏈，雖然它的鏈環在陽光下閃爍著炫目的光芒。

你們想要拋棄割捨以換取自由的，不也只是你們的自我的

零星碎片？

如果你們想要廢除不義不公的律法，這律法，也是你們用自己的手，記載在自己的額頭上的。

你們焚燒法典，源源不絕的傾注海水來洗淨法官的前額，也沒有辦法把它抹除。

如果你們想推翻暴君的王位，首先要正視你們心中根植的王權是否已經摧毀。

因為，一個暴君怎麼能限制真正自由、自尊的人們？除非他們的自由中有專制，他們的尊嚴中有羞愧。

如果你們想要掙脫牽掛，那牽掛是你們自己所選擇的，而不是他人加諸的重擔。

如果你們想要掙脫牽掛，

那牽掛是你們自己所選擇的，

而不是他人加諸的重擔。

如果你們想要驅除恐懼，那恐懼正盤據在你們自己心頭，而不是在你們所畏懼的人手裡。

是啊！一切在你們的生命之內運行的事物：你們的願望與驚怖、排拒與珍惜、追尋與逃避，永遠互相擁抱、彼此契合。

它們在你們的生命之內運行，就如同光與影，成雙成對，相依相偎。

當影子消褪不見，那徘徊踟躕的光，又成為另一處光源的陰影。

因此，當你們的自由不再被腳鏈束縛，它自己又將變成另一個更大更高的自由難以擺脫的鎖鏈。

理智與熱情

女祭司再度說道：請告訴我們理智與熱情。

他回答道：

你的靈魂常常是一座戰場，你的理智和判斷常在戰場上與你的熱情和欲念爭戰。

我多麼希望成為一名調停者，在你的靈魂中，將所有擾嚷與競爭的元素化成統一與諧韻。

然而，除非你們自己也是一名調停者，不，除非你們也愛自己的一切元素，否則我如何做到？

你的理智與熱情是你那巡航的靈魂的舵，是它的風帆。

如果你的帆與舵有所毀損，你就只能滾盪與漂流，或者滯留於汪洋的中央。

因為，當理智獨自支配你，它就是禁錮的武力；而不受拘管的熱情，則是自焚的焰火。

因此，讓你的靈魂把理智抬舉到熱情的最高點，讓靈魂得以歌唱；

也讓你的靈魂以理智指引熱情，熱情乃得以穿梭在每日的重生裡，如同浴火的鳳凰從自己的灰燼中振翼飛起。

我但願你們把判斷與欲念視為家中的兩名上賓。

你們當然不能向其中一名致上更高的崇敬；因為過度關切其中一位，將同時痛失他們的愛與真誠。

當你在群山環抱裡，坐在白楊樹清涼的陰影下，享受遠方田園與綠野的寧靜祥和——讓你的心靈沉靜的說：「主在理智中休憩。」

當風暴捲至，勁風烈烈搖撼著森林，暴雨與雷電宣示著天空的威權——讓你的心靈敬畏的說：「主在熱情裡奔行。」

因為你是主的神域裡的一個呼吸，是主的森林裡的一枚落葉，你也應當在理智裡休憩，在熱情裡奔行。

痛苦

一個女人說，請與我們談談痛苦。

他回答：

你的痛苦來自於敲碎了那包裹著你的智識的殼。

就如同果實的核仁必須裂開，讓它的心在陽光下挺立，你
也必須去認識痛苦。

如果你能夠讓心靈對生命中每日的奇蹟保持驚嘆好奇，那
痛苦的神美必不減於喜悅；

你將能夠領受心靈的季節，就如同你一向領受的、穿行過你的園林的季節。

你將能夠沉靜的凝望你憂傷的寒冬。

你的痛苦皆來自於你自己的選擇。

這是你內在的醫者，為你病弱的自我所開給的一劑苦藥。

所以，要相信那醫者，沉靜坦然的飲盡他的藥劑：

因為他的手雖然重而冷硬，卻是由那無形的神的手溫柔的指引，

他帶來的杯皿雖然燒灼著你的唇，卻是由神這位陶工，用祂神聖的淚水潤溼陶土，捏塑而成。

你的痛苦

皆來自於你自己的選擇。

自知

然後一個男人說，請告訴我們自知。

他回答道：

你們的心在寂靜裡知見白晝與黑夜的祕密。

然而你們的耳朵卻渴求著心靈裡知識的聲音。

你們想要憑藉語言，去了解思想早已了解的。

你們盼望親手觸碰夢想那無蔽的軀體。

這都是你們應當做的。

隱蔽在你靈魂深處的豐美之泉，應當湧溢，向海洋行吟；
在你無限深處的祕寶，應當在你眼前開顯。
然而不要讓任何的天秤量度你那未知的寶藏；
也不要讓探針或聲納探詢你知識的深淺。
因為自我是一座無邊際又不可測的海洋。

不要說「我已經發現了真理」，而應該說，「我發現一個真理」。
不要說「我已經找到通往靈魂的小徑」，而應該說，「我在我的途上遇見行遊的靈魂」。
因為靈魂在所有的路徑上步行。
靈魂不是沿著一條道路行進，也不像一支蘆葦般一莖直生。
靈魂像一朵蓮花般綻放，有著無數的花瓣。

教育

一名教師說，請對我們說說教育。

他說：

誰都不能向你示現什麼，除了已在你知識的曙光裡半睡半醒的。

那教師在神殿的陰影下、在他的徒從之間漫步，所傳授的亦非他的智慧，而是他的忠誠與摯愛。

如果他確然是聰謹的，當不會囑咐你邁入他智慧的屋宇，而當引領你跨向你自己心靈的門檻。

天文學家可以向你傳授他對宇宙的認識，卻不能把他的智識給你。

音樂家可以為你頌唱宇宙裡埋藏的一切韻調，卻不能給你耳朵去攫取那韻調，不能給你聲音去重覆吟唱。

熟習數字科學的人，可以告訴你秤量與測度的時域，卻不能指引你抵達那裡。

因為一個人的視野，無法將它的羽翼借給另一個人。

正如同你們每一個人在主的智識裡，都是唯一的個體，所以，你們每一個人所領知的主與所認識的大地，也必然各有不同。

友情

一個青年說，請告訴我們友情。

他回答道：

你的朋友，是你的需求的應答。

他是你以愛播種、以感恩收穫的田園。

他是你的膳飲，是你的爐火。

因為你在飢餓中靠近他，向他尋求平靜安寧。

當你的朋友向你傾訴內心，不要害怕心中的拒絕，也不要扣留你的認許。

當他靜默，你的心不要停止聆聽他的心曲；

因為友情不需要言語，所有的思慮，所有的願欲，所有的期許，都在無可言傳的喜悅裡誕生而共享。

當你與你的朋友告別，你莫要傷悲；

因為你所摯愛的他，將會在別離裡更加明晰，正如同攀山者在平原上看見的山巒，也更加清明。

讓友情沒有其他目的，只求願彼此的心靈更加深穩。

因為，只尋求自我的祕密得到鋪展而不尋求其他的愛並不是愛，只不過是一張投撒的網，只撈捕那些無益的。

把你最美好的，都呈送給你的朋友。

如果他必須知道你的低潮，也讓他認識你高昂的波濤。

因為，如果只為了消磨時光，尋求朋友又有何意義？
尋求他，永遠為了一同領受生命。
因為那是要充溢你的需求，而不是填補你的荒蕪。
讓友情的甜蜜裡有歡笑，有喜悅的分潤。
因為，心靈是在所有微小事情的露珠裡，覓得自己的早晨，獲取新生。

讓友情的甜蜜裡
有歡笑、
有喜悅的分潤。

言語

一個學者接著說，請與我們談談言語。

他回答道：

當你們無法與思想和平共處時，你們說話。

當你們無法在心靈的寂寞裡安居時，你們憑脣口而生，而音聲是逸樂、是消遣。

在你們大部分的言語裡，思考被扼殺，被摧殘。

因為思想是宇宙中的飛鳥，可能在言語的囚籠裡澈底炫示羽翼，卻不能飛翔。

你們之中有許多人，因為害怕孤獨而依求饒舌之徒。孤獨的靜寂把他們赤裸的自我揭露在他們眼前，於是他們盼望逃避隱匿。

那些無知無識又無深慮的人絮說著，要呈顯他們自己也不明瞭的真理。

而那些懷抱真理的，卻不是以語言陳訴宣明。

在這些人的胸懷中，心靈居住在悠揚如歌的沉靜裡。

當你在路邊或市集遇見你的朋友，讓那定居的心靈啟動你的脣，引導你的舌。

在擁抱真理的人的胸懷中，
心靈居住在悠揚如歌的沉靜裡。

讓你聲音中居止的聲音，向他耳朵中居止的耳朵說話。
因為，縱使當葡萄酒的顏色被忘卻，酒樽被傾空，
他的靈魂仍將噙念你心中懷藏的真理，如同記憶著葡萄酒的滋味。

時間

天文學家說，主人啊，那麼關於時間呢？

他回答道：

你想測量那不可測量、不能計數的時間。

你想憑藉時光與季節的嬗遞，調度你的行為，甚而指引你靈魂的途程。

你想讓時間是一條溪流，沿著你臨坐的河岸，在你的凝望中流逝。

但是，在你之內那無時間的自己，正醒悟著生命的無限無垠，

而昨日不過是今天的記憶，明日不過是今天的夢境。

在你之內放聲歌唱、冥思默想的，仍然居住在星群初次向宇宙深處飛散揚逸的片刻。

你們之中，有誰無法感受到他的愛，那力量是如此不羈不窮？

那愛雖然不羈不窮，卻蘊育含藏在他的存在中心，從一個愛念奔行到下一個愛念，從愛的一個行為運轉至愛的下一個行為？

而時間豈不也如同愛，是不可離析，也沒有間隙的？

然而，如果你的思緒必須把時間標化成季節，那就讓每一個季節，都環繞著其他季節行進，讓今天以回憶與過往相擁，以憧憬與未來相繫吧！

善與惡

城中的一名老人說，請向我們解說善與惡。

他回答道：

我只能說明你們之內的善，而不能說明惡。

因為，邪惡豈不只是良善被自己的飢餓與渴求所磨折？

的確，良善在飢餓時，亦願意向暗巢深穴尋求食物，甚至在渴時掬飲死水。

當你與你的自我相合為一時，你就是善良的。

然而，當你不與你的自我相合為一，也並不是頑惡的。

因為一所歧異的屋宇不等於盜匪的巢窟；那只是一所有隔間的房子。

一艘沒有方向舵的船，可能會在險急的暗礁間茫然失措的漂流，卻不至於沉沒入海底。

當你力求奉獻自己時，你便是善的。

然而當你試圖為自己牟利時，你亦不是惡。

因為，當你爭競求利的時候，你不過是緊緊黏附著大地、吸吮乳汁的樹根。

果實當然不能向樹根說，「要像我一樣成熟飽滿，始終貢獻著自己最豐美的部分。」

當你與你的自我
相合為一時，
你就是善良的。

因為，「貢獻」對果實而言是一種需要，正如同「接受」對樹根而言也是一種需要。

當你在你的言語裡充分的自覺警醒時，你是善的。

然而，當你在睡夢中，你的舌頭漫無目的的蠢動時，你仍不是惡。

即使是結巴錯妄的言語，也能鍛鍊虛弱的舌頭。

當你以勇敢的步履堅定的邁向你的目標時，你是善的。

然而，當你跛瘸顛躓的前行，也不是惡。

縱使瘸廢殘行的人，也並不後退逆行。

但你們這些強健迅捷的人，要醒覺，避免在跛者面前顛瘸，還以為那是仁慈。

你有無數的善，然而在你不善的時候，你並不惡。

你只不過是晃盪流連，只不過是懶散荒逸。
可惜啊，那麋鹿無法教烏龜疾行。

你的良善蘊存在你對高偉的自己的冀望裡：這冀望遍在於你們每一個人心底。
然而對於某些人，這冀望是急急向海洋奔越匯歸的湍流，挾帶著巒嶂的祕密與林野的歌謠。
對於其他人，這冀望是一道平淺的小溪，在轉角與河灣的纏結裡遺落了自己，躊躇徘徊，無法抵達歸流的海岸。
可是，不要讓那冀望深遠的人對冀望薄淺的人說，「你為何如此遲緩而蕩跌？」
因為那真正良善的不會詢問赤裸的，「你的衣衫何在？」也不會問那無家的，「你的房舍發生了什麼事情？」

祈禱

女祭司接著說，請與我們講論祈禱。

他回答道：

你們因自己的災禍與需求而祈禱；我願你們也因你們喜悅的豐盈與富足的時光而祈禱。

因為祈禱豈不只是在耀眼的藍天下伸展你的自我？

如果向宇宙傾注你的陰暗是一種撫慰，傾注你心靈的曙光，也將為你帶來歡悅。

如果當你的靈魂召喚你祈禱時，你只能哭泣悲嘆，她應當在你的淚水裡一再激湧你，直到你展開笑靨。

祈禱使你的神魂飛升，與那個時刻也正祈禱著的人們冥然相會，你們只有在祈禱中可以相會。

因此，讓你向一座無形跡的神殿的朝拜，只是為了心靈的迷醉與甜美的交流吧！

因為，如果你進入神殿只為了要求告，而沒有其他目的，你的求告不會被接受；

而如果你進入神殿只為了使自己更謙抑卑下，你也不能獲得振升；

甚至如果你進入神殿是為了祈求他人的幸福，也無人聆聽你的祈求。

跨入那不可聞見、不可知曉的神殿，就已然足夠。

我無法教導你們如何以言語祈禱。

主聆聽的不是那些蘊存在祂之內、由祂宣述，只不過穿行過你的唇舌的言語。

我也不能教導你們海水、密林，以及群山的祈禱。

然而你們這些由群山、密林、海水所孕育的人，可以在自己的心裡發現他們的祈禱，

如果你們在夜的敬默裡傾耳，你們將聽到它們沉靜的話語：

「我們的主啊，為我們的自我雕磨出羽翼，爾的意志即在我們之內，是我們的意志。

祢的願欲就是我們的願欲。

祢在我們之內敦促驅迫，將我們的黑夜化為白晝，而那黑夜與白晝本都屬於祢。

我們毋庸向祢求告任何恩賜，因為祢在我們的願念誕生之前，就已經深知我們的需求：

祢形塑了我們的需求；而祢不斷的把自己賜予我們，就等於給了我們一切。」

我們的主啊，為我們的自我
雕磨出羽翼，祂的意志即在我們之內，
是我們的意志。

歡樂

有個每年進城一次的隱士走上前說，請告訴我們歡樂。
他回答道：
歡樂是一首自由的頌歌，
然而它不是自由。
它是你們的欲望如花朵般盛放，
然而不是欲望的果實。
它是從絕谷向巔崖的呼喚，

然而它不是絕谷，亦非巔崖。
它是被圈鎖的籠中鳥，
然而不是環擁一切的宇宙。
啊，果真如此呀，歡樂是一首自由的頌歌。
我欣然盼望著你們以全心的豐足去詠唱；卻不願你們在頌讚中神魂失據。

在你們之中，有些年輕人尋求歡樂，以為歡樂就是一切，他們已然遭到審判與攻訐。
我不願審判與攻訐。我唯願他們尋求。
因為他們將會尋獲歡樂，然而不只是歡樂；
歡樂有七個姊妹，最衰醜的都比歡樂更嬌美。
難道你們未曾聽聞，有人因為向大地掘挖樹根而找到了寶藏？

在你們之中，還有些老年人在歡樂的回憶裡還有無限追悔，彷彿那是酩酊中鑄成的過錯。

然而，悔恨是心靈的晦亂，卻不是對心靈的懲處。

他們應該在感恩裡回憶歡樂，把歡樂視為盛夏的豐收。

然而，如果悔恨能使他們解脫與舒坦，就讓他們解脫，獲得舒坦吧！

在你們之中，有一些人既非年少的搜索者，亦非衰老的追憶者；

他們畏懼搜索、畏懼追憶，他們逃避歡樂，害怕歡樂會讓他們疏離或悖逆了性靈。

然而他們的歡樂就在他們的拋擲閃棄裡。
所以，他們那顫抖的手，也在掘取樹根時發現了寶藏。

可是，告訴我，有誰能夠悖逆性靈？
難道夜鶯可以抗犯夜的靜肅，螢火蟲可以冒瀆群星？
或者，你的焰火與你的煙灰可以拽壓住風？
莫非你認為性靈是一池僵滯的水，可以被你用一支竿攪擾撥碎？

在感恩裡回憶歡樂，
把歡樂視為盛夏的豐收。

在推拒歡樂時，你們往往只是在生命的底層貯放起貪嗜欲望。

誰知道那些今天闕忘的，是不是正獰守著明天？

即使是你的軀殼也知道它天生的稟賦與正確的需求，而不會被矇騙。

你的軀殼是你靈魂的豎琴，

那甜美的樂音或喧擾的鼓譟，都是由你所賦予，都屬於你。

此刻你心生疑問，「我們如何能分辨歡樂中的美善與荒惡？」

走進你們的田園與花圃吧，你們將學會，採擷花蜜是蜜蜂的歡樂，而為蜜蜂供給糖蜜，也是花的歡樂。
因為花朵是蜜蜂生命的湧泉，
而蜜蜂是花朵情愛的信使，
贈予和悅納的歡樂，是蜜蜂與花朵的需要與狂喜。
奧菲歷斯城的人們啊，把自己當做眾卉與群蜂般，盡情歡樂吧！

美

一個詩人接著說，為我們闡說美吧！

他回答道：

你們要去哪裡尋求美呢？若非她自己就是你們的道路、你們的嚮導，你們要如何找到美？

若不是她編織著你們的言語，你們如何能談論她？

那懷悲怨與負傷痕的人說，「美是仁慈，是柔善，她因為自己的光芒而微微的羞怯，在我們之間行遊。」

那滿腔熱血的人說，「不，美是有大智能而令人畏怖的，就如同狂暴的風雨，撼搖著我們的地壞，我們的穹蒼。」

那疲憊而倦乏的人說，「美是輕柔的低吟。她在我們的性靈裡言語。她的聲音照撫著我們的沉默，如同一閃微光，因為恐懼闇影而顫動。」

而那躁莽的人說，「我們曾經聽見她在崇巖之間長嘯，在她的呼喚裡，挾帶著奔蹄之聲、翅膀的撲擊與獅群的吼叫。」

夜裡，城中的守夜人說，「美將會和旭日一起從東方升起。」

正午的熱浪裡，勤奮工作的人與徒步行旅的過客說，「我們曾經在落日的窗前，凝望她斜倚著大地。」

冬來時，被雪圍困的人說，「她將與春日一起，舞躍過綿綿山丘。」

而收割的人在夏日的烈焰裡說，「我們曾經看見她與秋天的落葉偕舞，我們也看見她的髮茨間鑲飾著一片輕雪。」

這一切都是你們所描述的美，

事實上，你們所說的卻不是美，是你們未曾饜足的想望，

因為美不是需要，而是激狂的歡喜。

美不是渴飲的脣，不是虛空而伸索的手，

美卻是熾烈的心與迷醉的靈魂。

美不是你們眼見的圖像，不是你們聽來的歌唱，

而是你們閉上雙眼時所見的圖像，是你們蒙上雙耳時所聽的樂章。

美不是老皺樹溝裡的汁液，不是黏附著趾爪的翅膀，

而是一座永遠在花季的園圃，一群永遠在遨遊的天使。

奧菲歷斯城的人們啊，美是生命，此際，生命揭露了神聖的面容。

然而你們就是生命，你們就是罩著生命的紗。

美是永恆，凝視著鏡中的自己。

而你們就是永恆，是那映照的鏡。

美是永恆，
凝視著鏡中的自己。
而你們就是永恆，
是那映照的鏡。

宗教

一個老邁的祭司說，請與我們談談宗教。

他回答：

這一天我還說了其他的任何事物嗎？

宗教不正是一切的行為，一切的自省，

以及那些既非行為、亦非自省，而是雙手縱然忙於劈鑿石塊與織造布帛，靈魂也將驟然激迸的喜悅與驚嘆？

有誰可以把他的忠誠與行動分離，或者把他的信持與職業分離？

有誰可以將他的時光攤在面前，說，「這是奉獻於主的，這是我自己的；這是為了我的靈魂，其餘是為了我的軀體？」

你所擁有的全部時光，都是在宇宙裡穿越過自我與自我，不斷撲打的羽翼。

把道德當成最好的衣裳而穿戴在身上的人，還不如赤裸著吧。

風與陽光不會在他的身上撕剝出任何孔洞。

以倫理去規範行為的人，是把他的啼鳥鎖於囚籠之內。

最自由的歌並不憑藉欄竹與束弦成聲。

對他而言，那些敬拜只是一扇開了又闔的窗，他還未曾造訪自己靈魂的屋宇，那裡的窗牖迎著連綿的黎明，恆常敞放。

你每天的生活就是你的神殿，你的宗教。
無論你何時走進生活，都要投付你全部的一切。
帶著你的犁耙、你的風爐，你的木槌與琵琶，
那些你為了需求或愉悅而製作的物件。
因為在冥思裡，你不會躍升得比你的成就更高，也不會墜落得比你的失敗更低。

你也要把所有的人帶著：
因為在禮敬裡，你無法飛到比他們的希望更高昂的地方，也不能將自己貶損到比他們的絕望更深暗的處所。
如果你願求認識主，不要因此成為一個解謎的人。
你應該審視自己身旁，你將會看到主領你的孩子一同嬉遊。

向宇宙遠眺；你將會看到主在雲間漫步，在閃電裡伸張雙臂，和雨水一同降臨。

你會看到祂在花叢中微笑，在林木間冉冉升起，揮手致意。

無論你何時走進生活，
都要投付你全部的一切。

死亡

然後，雅蜜特拉說了，我們現在終將詢問死亡。

他說：

你們想要知道死亡的奧祕。

但是，若非在生命的心中尋覓，你們如何能覓得？

貓頭鷹的眼睛與夜相縛繫，在白晝裡昏盲無見，不能揭開光線的祕密。

如果你們真想張望死亡的神靈，應當朝向生命的身軀，澈底開啟你們的心。

因為生與死同命，正如同河川與海洋實為一體。

在你期盼與欲望的深處，已經埋藏著你對未知與來世清寂的領悟；

就如同種籽在深雪之下眠夢，你的心也在夢想著春日。

相信那些夢想，因為夢想裡藏著通往永恆的門廊。

你們對死亡的恐懼，就如同牧羊人站在帝王面前顫抖，因為帝王即將撫觸與恩寵他。

當牧羊人帶著帝王的手印，他的顫抖之下不正是喜悅？

可是，他不是更加關注著自己的顫抖？

因為死去，豈不只是在風中赤裸、在陽光裡銷融？

而停止了呼吸，不也只是讓呼吸從不能止憩的潮浪裡解脫，讓它得以升揚、展延，無牽繫無罣礙的尋求主？

唯有當你們從靜寂的河裡掬飲，你們才能真正的歌唱。
當你們已走到山頂，你們才開始登爬。
只有當大地召取你們的肢體時，你們才能真正的跳舞。

生與死同命，
正如同河川與海洋
實為一體。

告別

眼下已是黃昏了。

女先知雅蜜特拉說，願此時此地，以及你講論的心靈，都蒙天祐。

他回答道，講論的人是我嗎？

我不也是個傾聽的人嗎？

他從神殿的石階緩步而下，所有的人們都跟從在他身後。

他登上了他的船，在甲板上佇立。

他再度面向人們，提高了嗓音說：

奧菲歷斯城的人們啊，風囑咐我當離開你們了。

雖然我不像風那樣急捷，卻也必須出發。

我們這樣的漂泊者，始終在尋找更寂寞的旅程，不在我們度過了一日的地方展開新的一日，也不讓曙光在落日離我們而去的處所發現我們。

即使大地沉睡著，我們也在行旅之中。

我們是那桀驁植物的種籽，將心靈的完熟與豐盈交託給風，讓風一一吹揚撒播。

我與你們共處的時日如此短暫，我所言說的又更加短少。

然而，當我的聲音從你們的耳裡凋萎衰微，我的愛在你們的記憶中漫漶消散，那時候我將歸來，
憑藉著更豐美的心和更能喚引靈性的脣，與你們交談。

是啊，我將隨潮水歸來，
縱然死亡將藏蔽我，更深廣的靜寂將埋覆我，我仍要再度尋求你們的理解。
我的尋求必不致虛惘空茫。
如果我曾訴說了任何真理，那真理將以更清晰澄澈的聲音、以更貼近符契你們思想的話語，向你們現示他自己。

我將隨風而去，奧菲歷斯城的人們啊，然而我並不是墮入了虛空；

如果我曾訴說了任何真理，
那真理將以更清晰澄澈的聲音、
以更貼近符契你們思想的話語，
向你們現示他自己。

如果今日還不能使你們的需要與我的愛獲得成全，那就讓它成為另一個日子的諾言。

人的需要會嬗變，然而他的愛不會，他的愛應能滿足他的需要，這樣的欲望也不會移轉。

所以，要知道啊，我將從那更深廣的靜寂中歸來。

清晨的霧靄漂流散逸，只在田野中凝結成露，然而霧靄將升騰粹聚，化成雲朵，然後降為甘霖。

我也未嘗不像那霧靄。

在夜晚的肅默裡，我曾漫步於你們的市街，我的神魂曾經穿入你們的房舍，

你們的心臟在我心上鼓動，你們的呼吸吹掠著我的面頰，我識得你們每一個。

啊，我識得你們的喜悅與你們的苦痛，在你們的睡眠裡，
你們的夢境就是我的夢境。
我在你們之間常如群巒環抱的湖泊。
我照鑑著你們的峰巔與折坳的斜坡，甚至照鑑著你們群集
巡逡的思緒與欲求。

你們的孩子嬉笑著如溪澗般向我的靜寂匯流，你們的青年
亦有想望如河川，向我的靜寂匯流。
當他們來到我至深的湖底，溪澗與河川都不曾停止歌詠。
然而還有比嬉笑更甜蜜、比想望更崇偉的，也來奔赴我。
那是你們內在的無限無窮；
在那宏闊的人裡面，你們只不過是細胞與肌肉；
在他的讚美詩裡，你們的歌唱只不過是無聲的搐抖。

正是在這個宏闊的人裡面，使你們也都宏闊了，因為對他的凝視，我乃能凝視你們，乃能愛你們。

因為愛所能企及的距離，豈不都在這偉岸的空間裡？有什麼慕望，什麼期盼與什麼揣想可以飛越過他的翺翔？

那高偉的人在你們之內，如同一棵雄壯的橡樹披覆著蘋果花。

他深沉的力量將你們繫於大地，他的馥郁清醇將你們舉到宇宙間，而在他的沉毅堅執裡，你們獲得永生。

別人曾經告訴你們，你們就像一條鎖鏈最脆弱的鏈節一樣衰殘。

這只是真理的一個側面。你們亦如同最剛勁的鏈節一樣強健。

你們亦如同
自己最剛勁的鏈節
一樣強健。

憑藉你們最細微的行止衡量你們，就是在憑藉泡沫的虛薄算計海洋的力量。

以你們的挫敗評斷你們，就是在以無常的流轉向季節拋擲著譴責與非難。

啊，你們就像海洋，

雖然岸邊有擔負重載的船隻等待著潮水，就像那海洋，你們也不能催迫你們的潮浪。

你們也像季節，即使你們在冬季否斥了春光，

那春光卻還在你們體內寢眠，在惺忪慵倦裡微笑，全無怨怒。

不要以為我的言語是為了讓你們向彼此傳告，「他真擅長

讚美我們。

他只看到我們的美好。」

我只是用言語述說你們的思想裡早已知曉的一切。

言語的知識，不只是不可言傳的知識的一個投影嗎？

你們的思想與我的言語都是從封緘的記憶裡漂出的流波，這記憶收貯著我們昔往的紀錄，

那是大地尚且不知道我們、也不知道她自己時的遠古時日，

是大地在一片渾沌裡鴻濛未開的暗夜。

智者們曾經來到這裡，為你們帶來他們的智慧。我來到這裡，是要領受你們的智慧：

看哪，我已經尋獲那比智慧更偉大的。

那是你們內在所有的、日益熾烈的心靈焰火，
而你們卻輕忽了它的擴展，一心為你們凋殘衰朽的日子憂傷。

只有那追尋形軀之生的生命，才會畏怯墓地。

這裡沒有墓地。

這些山巒與袤疇是哺育的搖籃，是起步的墊腳石。

不論你們在任何時刻行經你們埋葬祖先的處所，只要留神凝望，就會看見你們自己與你們的孩子在那裡攜手舞蹈。

你們確實常常在無知覺中尋歡作樂。

還有其他人曾經到來，為你們的忠誠應許了黃金般的諾言，而你們只向他們奉獻了財富、權力與尊榮。

我給予你們的尚且不及一個諾言，而你們回應我的，卻更加豐富慷慨。

你們已經贈予我的，是我對生命更深沉的渴求。

是啊，再沒有比將一個人一切的目標都化成焦灼的唇、將他全部的生命化成噴湧的泉水更為美好的禮物了。

這其中埋臥著我的榮譽與酬賞——

無論我在什麼時候前往泉水汲飲，我都將發現湧溢的水流也在渴求；

當我啜飲泉水，泉水也正飲取我。

在你們之中，有些人認為我因為驕傲與過度羞怯，不肯接受禮物。

對於接受薪資，我確實狷介，然而卻不會推卻贈禮。

雖然當你們邀我同桌膳飲時，我卻在山陵間採食漿果，
雖然當你們歡快的蔽護我時，我卻在神殿的廊沿入眠，
然而，不正是因為你們摯愛與眷顧著我的日日夜夜，才讓我所食皆甘美，所夢皆酣恬？

我因此而向你們致上最深的祝福：
你們給予了許多，卻渾然不覺自己曾經給予。
就是在仁慈凝視著鏡中的自己時，它化成一塊岩石，
當善舉溫柔的呼喚它自己的姓名，就成了詛咒的根由。

在你們之中，有些人曾說我孤高避世，說我在自己的孤獨裡痛飲狂醉，
你們也曾說，「他與森林中的樹木聚談，卻不與人們往來。

你們給予了許多，
卻渾然不覺自己曾經給予。

他孤身一人，趺坐山頂，俯瞰我們的城市。」
是啊，我確實攀緣入山，確實在荒遠之地漫步。
若非在無盡的高處或悠漫的遠處，我如何能望見你們？
一個人若非處身遙迢，如何能真正的靠近？

在你們之中，還有其他人呼喚我卻不用言語，他們說：
異鄉人啊異鄉人，那不可跨越之高處的愛人，你為什麼要
居止在鷹隼築巢的山巔？
你為什麼要追尋那不可企及的？
你的網裡想要留住什麼樣的風雨，
你要在天空中追獵什麼樣的幽幻之鳥？
請來與我們同在吧！
從山上下來，以我們的麵包撫平你的飢餓，以我們的醇釀

消解你的焦渴。」

他們在靈魂的孤寂裡如此說著；

然而若在更深邃的孤寂裡，他們將會明白，我所追尋的，

不過是你們喜悅與苦痛的祕密，

我所狩捕的，也只是你們更遠偉的自我，那自我在天空中

漫步。

但是，捕獵的人也同時被捕獵；

因為，從我的弓弦上搭射而出的大部分箭矢，都只尋曳向

我自己的胸膛。

那飛翔的也同時在草叢裡蠕蠕而動；

因為，當我的翅膀在陽光下展掠，投在地面上的影子卻是

一隻烏龜。

而我這樣一個信仰者，同時又是一個懷疑者；

因為，我每每以手指撫觸自己的傷口，好讓自己對你們懷抱更大的信心，對你們有更深的了解。

我要說，正是憑藉著這樣的信心與了解，你們才不被自己的軀體錮鎖，不被屋舍與農田囿縛。是你們真正的自己居住在山嶺之上，是你們在風中徜徉飄蕩。

這不是在陽光下蠕動著尋求溫暖，也不是在黑暗裡挖掘坑穴以求平安，

而是一種自由，是在大地上成長、在藍天裡悠遊的性靈。

你們是一種自由，
是在大地上成長、
在藍天裡悠遊的性靈。

如果這些言語曖昧難解，那就不必企望釐清。
曖昧與幽濛是萬物的初始，而不是萬物的終曲，
我多麼盼望你們記得我，如同我是初始。

生命，以及一切有生命的，都被蘊知於嵐霧中，而非水晶之中。
有誰知道水晶不過是嵐霧的衰朽與變形？

我願你們在追憶我時也追憶起：
你們之中看似最孱弱而滿心憂惑的，就是那最剛強且最堅決的。
不正是你們的呼吸支撐起你們的骨架，使它們挺拔堅毅？
不正是一個你們都不復記憶的夢想，為你們建築起城市，

造就城中的一切？

如果你們可以看見呼吸的潮浪，你們將看不到此外的一切，

如果你們可以聽見鳳想的吟哦，你們將聽不到其餘的音聲。

但是幸而你們沒有看見，未曾聽聞。

掩蓋了你們視線的薄紗，將由編織它的雙手揭起，

閉塞了你們聽覺的陶土，將由捏塑它的手指鏤穿。

然後你們將看見。

然後你們將聽見。

但是你們不必為曾經盲目而嘆恨，不必為曾經聾聵而追悔。

因為，在這一天，你們將領會萬事萬物背後隱匿的真諦。

你們將會祝祐黑暗，如同你們祝祐光明。

語畢，他環顧週遭，他看到船上的領航員憑舵柄而立，凝視那鼓漲的風帆，凝視遠方。

於是他說：

多有耐心啊，我的船長，真是太有耐心了。
海風已經在鼓盪，桅上的帆也躁嚷飄飛；
甚至連船舵都渴求著它的方向；
而我的船長仍然沉靜的守候我，直到我把話說完。
我的水手們啊，早已習慣了諦聽更渾厚的海濤群起歌嘯，
卻還是耐心的傾聽我。

現在不能再讓他們等待、讓他們延宕了。

不必為曾經盲目而嘆恨，
不必為曾經聾聵而追悔。

我已經做好準備。
溪流終將奔赴海洋，偉大的母親將會再度將她的兒子擁熨在胸前。
再會了，奧菲歷斯城的人們。
長日將盡。
這完結的一天已經向我們圍攏，如同貼水的睡蓮攏起它的明天。
在這裡領受的，我們應當收存，
如果它仍有不足，我們將會再次重聚，一起將我們的手臂伸向賜予之人。
不要忘記我終將回到你們身邊。
在不久的將來，我的渴求會將土壤與泡沫凝聚成新的身軀。

在不久的將來，乘著風休憩片刻，另一個女子又將誕育了我。

再會了，你們，以及我與你們共渡的青春。

我們曾在同一個夢中相會，還只是昨天的事情。

你們曾在我的孤寂裡向我歌唱，我為你們的渴求而在天空中營建城塔。

然而此刻，我們的睡眠已經飛逝，我們的夢逸去，黎明時分已然結束。

正午的熱浪已經在我們頭上翻滾，我們的淺淺的甦醒已經成為完整的日曜，而我們必須分離。

如果我們可以在記憶的微光裡重逢，我們將再度聚集傾談，而你們將為我唱更深邃的歌。

如果我們的手臂可以在另一個夢中相攜握，我們將在天空中堆壘起另一座樓臺。

說著說著，他對水手們發出信號，他們隨即起錨，鬆開泊船的繫纜，向東航行。

人們口中的悲泣彷彿都出自同一顆心，那悲泣之聲飛越了沉沉暮靄，穿揚出海，如同一聲嘹亮的號角。

只有雅蜜特拉沉默著，凝視著船影，直到它在霧色中輕悄淡去。

當所有的群眾散去，她仍然獨自佇立於沿海的堤防，心中記起他的話語：

「在不久的將來，乘著風休憩片刻，另一個女子又將誕育了我。」

愛經典 022

先知【圖文版】
The Prophet

作者　卡里・紀伯倫（Kahlil Gibran）
譯者　何雅雯
繪者　Luckylulu

出版者　愛米粒出版有限公司
地址　台北市 10445 中山北路二段 26 巷 2 號 2 樓
編輯部專線　（02）25622159
傳真　（02）25818761【如果您對本書或本出版公司有任何意見，歡迎來電】

總編輯　莊靜君
責任編輯　許嘉諾
美術編輯　王瓊瑤
行銷企劃　史黛西
行政編輯　曾于珊
印刷　上好印刷股份有限公司
電話　（04）2315-0280
初版　二〇二二年（民 111）八月十日
定價　299 元
讀者專線　TEL：(02) 23672044 / (04) 23595819#230
FAX：(02) 23635741 / (04) 23595493
E-mail：service@morningstar.com.tw
郵政劃撥　15060393（知己圖書股份有限公司）
法律顧問　陳思成
國際書碼　978-626-96354-0-5

因為閱讀，我們放膽作夢，恣意飛翔。
在看書成了非必要奢侈品，文學小說式微的年代，愛米粒堅持出版好看的故事，
讓世界多一點想像力，多一點希望。

愛米粒出版
Emily

當讀者碰上愛米粒

線上回函
QR Code

掃回函 QR Code 線上填寫回函資料，即可獲得晨星網路書店 50 元購書優惠券。

愛米粒 FB：https://www.facebook.com/emilypublishing

更多愛米粒出版社的資訊

晨星網路書店愛米粒專區
https://www.morningstar.com.tw/emily

愛米粒的外國與文學讀書會
https://www.facebook.com/groups/emilybooks